U0958626

当我画下一朵花…

樊雨飞 ∞ 绘著

新世界出版社
NEW WORLD PRESS

当我画下一朵花

你若盛开，清风自来 ————「I」

在我的文艺朋友圈里，雨飞是很特别的一个。

一个瘦弱的年轻女孩，离开繁华舒适的成长地杭州，放弃上海的时尚工作，孤身一人来到三线城市景德镇奋斗，这种坚定和自立，是很稀有的。

景德镇这个地方，冬天苦寒，夏天酷暑，街景陈旧，实在说不上繁华浪漫。

雨飞却留了下来，一个小姑娘家家，做着搬坯、运瓷、喷釉、装窑这样的体力活，经常灰头土脸如当地工人。

没有人脉背景，没有启动资金，没有技术基础，甚至连这里的路都不太认得。

雨飞却坚持了下来，从零学起，从低做起，如此数年，实在不易。

到如今，虽然仍是艰辛，但可以用自己做的瓷器养活自己，技艺也在精进，这是雨飞的成就，也是梦想的力量。

我想，人生在世，会有很多的身不由己，现有的选择，常常不是自己想要的。但若有勇气，抛去所有，坚定做自己喜爱的事情，咬牙不要放弃，上天必会给予丰厚回报。

这回报，未必是钱，而是人生的丰盈和自信，这也是比财富更有价值的东西。

而雨飞还不止如此，用学习做瓷获得的技能安身立命，却也未曾放弃对绘画和写作的执着。

艰苦的日间工作后，雨飞还会坚持画画，坚持写文章。

笔下的花开娇艳如青春，文字恬静似流水。

无论制作瓷器、画画还是写作，雨飞都做得很好，而且在日渐精进。

要问我雨飞哪件作品最好，我觉得，雨飞她就是自己创造出来的最棒的作品。

以雨飞的坚强、雨飞的自立、雨飞的聪慧和才气，假以时日，必定成就无量。

希望雨飞可以坚持下去，创作出最美好的自己。

谨为序。

林帝浣
2018年9月

∞

看见花朵
高举
的瞬间

眼睛
就会
暖和起来

当我画下一朵花

开在心间的一朵花 ——————「II」

《荷之二》局部

关于花朵的记忆，很早就根植心底了。

童年，在故乡外婆的家门口，种了各种各样的花，大多都是任其自由生长的。

旧旧的搪瓷脸盆里种着大丽菊，夏天太阳最烈的时候，开得最为热烈红艳。有时阁楼上的白鸽会飞下来，停在边上发会儿呆，从喉咙里发出咕咕的声音，不一会儿又飞走了。

门口的小坡地上，一直有着一大片美人蕉，大公鸡会在花丛里神情自若地来回踱步。夏末的时候，美人蕉就结起花籽，是被一个个带刺的囊包裹着的，我把它们采回来，剥出像巧克力豆一样的种子，存在一个小盒子里。有时候拿起来摇一摇，听到里面发出的声响，就很高兴。

院子的水池边上，有一棵高高的泡桐树。夏天是花期的尾声，经常有大朵紫色的花掉下来，像高空坠物，扑的一声。长大后就很少能闻到泡桐花的香味了，到现在都很怀念。

印象最深的是深冬，门口路边，深红的山茶花永远零星地开着几朵，有雪落下来，很白，感觉花都能把雪给染红了。那场雪是近年来最大的一场，我就一直惦记着那些压在雪下的山茶花，后来化雪的时候再去看，它们已经不见了。

就这样，儿时短暂的田园时光，令我对自然有着天然的亲近感。

到了学龄后，父母把我接到杭州一起生活。小学时的周末，父亲经常会带我去郊游，有次去黄龙洞玩，那里有很多树的叶子像鸭脚掌一样，高高的枝顶上开着硕大的金黄色花朵，样子就像放大了的郁金香，十分美丽，实在看不够。那天，一向持重的父亲，竟然真的爬到树上为我摘下一朵。我看着那硕大的一朵花就在眼前，那么近的距离，觉得十分不可思议，又惊奇又欢喜。后来用矿泉水瓶把花枝装起来，一路捧着回了家，路上的人们纷纷投来好奇的目光，那时内心竟然有种说不出的骄傲：这是爸爸为我摘的。

后来，我知道那种树的名字叫鹅掌楸。

父亲可以算是我最初的文艺启蒙老师。少年时起，他教我拿毛笔，为我读诗歌。我画第一张工笔画，他教我一层一层上色；我写第一首古诗，他告诉我平仄押韵；我们出去登山，他就愿意拍好多照片……大概从那时起，我就恍惚了解着一些与物质无关的快乐来源吧。

到了青春期，文字与绘画更是一发不可收拾地成为我的爱好与寄托，那时为目之所及的草木生灵书写过许多深情片段。这些关于花朵的记忆，构成了我对故土的印象，感知着亲人对我真挚的爱，寄托着年轻时的困顿与思索。

而林林总总的回忆本身，也就是一朵一朵开在我们心间的花。

人们的回忆里，或许是一位挚爱之人，或许是一段温暖故事，或许是一个许下已久的心愿，或许是已经生根发芽的梦想。这些并不一定被人所了解，也并不在乎外界的认可与否，它们的存在，令我们更加有力量去面对生活中遇到的困境，产生突破重围的信心与勇气。

"所有命中馈赠的礼物，早已在暗中标好了价格。"这句话被许多人视为真理，那么我也愿意相信它反过来的说法：所有看似无用的付出，也早已在暗中产生了回馈。

我一直相信，如果能够用简单的心意，不为了任何，只是出于内心的喜爱而去做一件事，就一定会有独特的收获。

这本小书中，收录了我多年积攒的绘画、零碎的杂感文字，或许不太成熟，却是我早早就开在心间的一朵花。现在，就请你翻阅它。

∞

《荷》 *34cm×34cm*

∞ 夏天是吹过荷塘的一阵清风。

《荷　之二》34cm×34cm

∞ 墨色苍茫，深红浅粉。

《玻璃杯中花》35cm×35cm

∞ 温柔安静地开着，是我对时光的表白。

《秋草》35cm×35cm

∞ 秋风吹来，繁华褪落，听见时光的回音。

《鸢尾花》35cm×35cm

∞ 丛丛叠叠紫鸢尾，山间水边自在开。

《春来》 35cm×35cm

∞ 春天来时，每一朵花开，都让我想起你。

《茶花》35cm×35cm

∞ 深冬时节，有枝小茶。

《蝴蝶兰》 *37cm×28cm*

∞ 花店里的蝴蝶兰，等待捧它回家的人。

《香水百合》37cm×28cm

∞ 百年的好合太远，就想今天对你好一点。

《芍药花丛》53cm×35cm

∞ 那么嫣柔与秀丽，无须与谁去相比。

《铜钱草》*34cm×34cm*

∞ 卑微心意里，满藏了清欢。

《郁金香》 *37cm×37cm*

∞ 被揉碎的金黄的太阳。

《紫藤》 37cm×37cm

∞ 那些想要对你说的甜蜜的话，就像夏天里盛开的紫藤花。

《迎春》 37cm×37cm

∞ 春风吹来，百花可爱。

《紫玉兰》29cm×22cm

∞ 早春时候，蓝色的天，白色的云，紫色的玉兰花。

《瓶中玉兰》*35cm×26cm* ∞随意折下的花，随意往瓶里插，随意看上两眼，随意浅浅笑她。

《红牡丹》 *41cm×34cm*

∞ 见着阳光与花儿的红，眼睛就先暖和起来了。

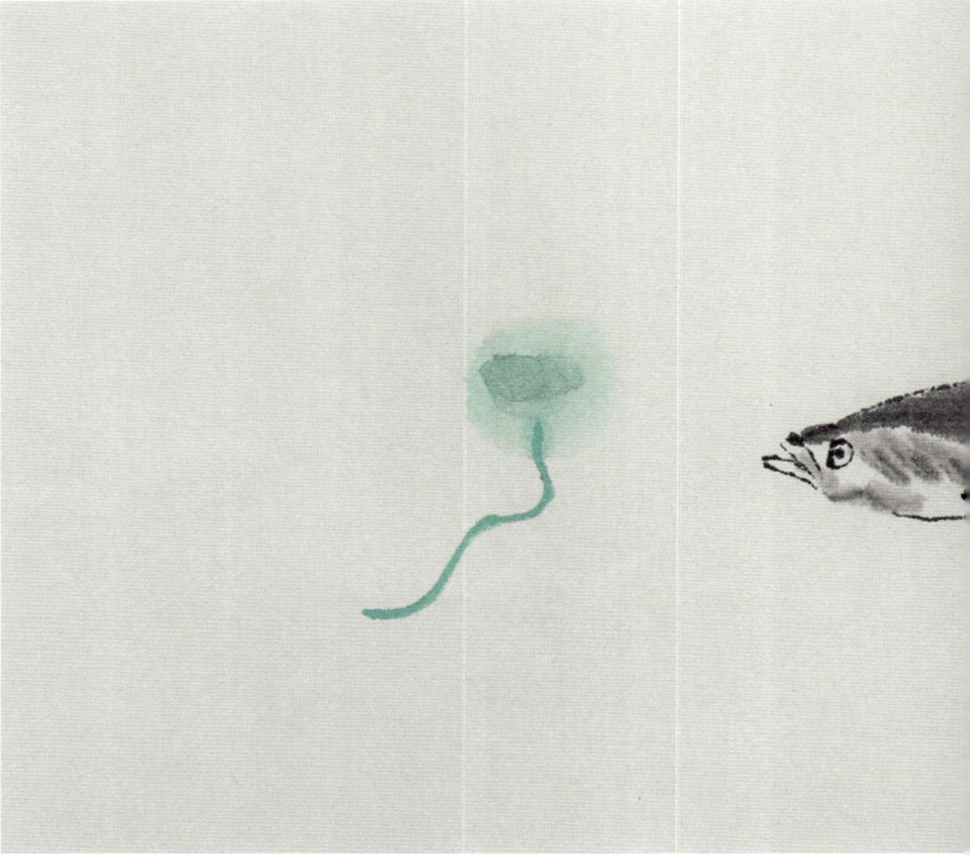

《水中》25cm×14cm

∞ 莹莹溪间，一寸禅心。

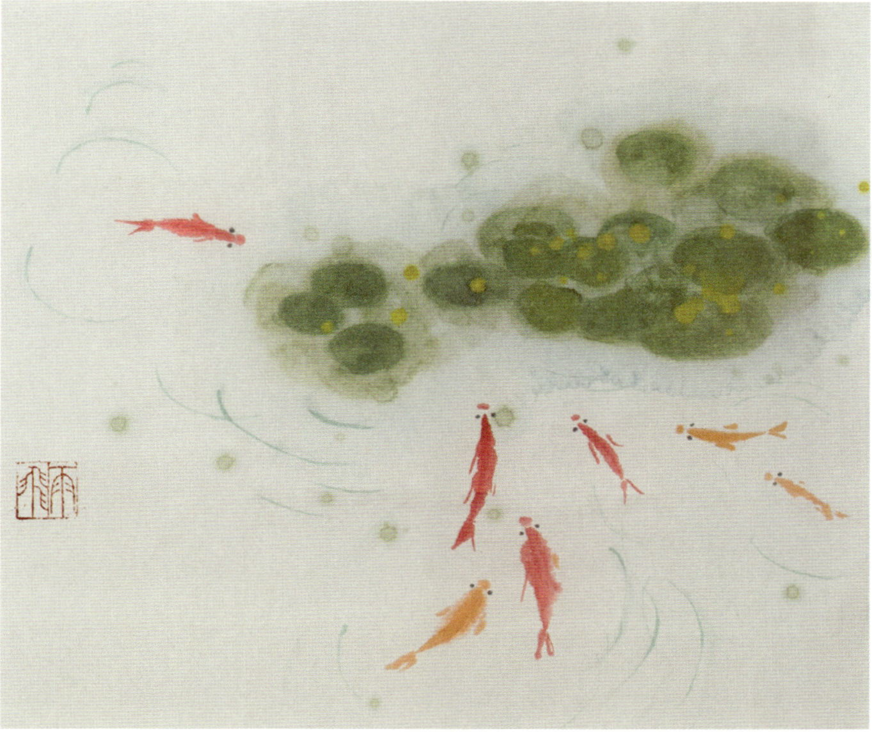

《游啊游》 24cm×23cm ∞愿我们都能记得，曾经的童年，欢欣，悠游，满怀心愿。

瓶花 ——「一」

在心灵与器物之间，在肉身与草木之间，感到插花的要领并不在于物质形态。它是一种精神的调和与滋养，会让人用更美好柔和的心境面对生活中的一切。

《玫瑰》局部

《低垂》 *21cm×21cm*

∞ 叶在花的旁侧，
我在你的身边。

《散》 *21cm×21cm*

∞ 就让叶子自由散漫地伸展吧，
这样也好。

《轻梦》28cm×28cm

∞ 一片轻红随风扬，
不在春光在梦乡。

《玫瑰》28cm×28cm

∞ 爱是为了对美好的渴盼，
爱是为了抵御生来的孤独。

《芳馨》28cm×28cm

∞ 温暖就是在素静中，
绽开出的红。

《伫立》28cm×28cm

∞ 善良，昂扬，
站在时光正中央。

《秋叶》28cm×28cm

∞ 秋天的叶子，
一千种颜色
也不会嫌多。

《藤花》28cm×28cm

∞ 清数手边的日子，
将时间放回枝头。

《清水芍药》33cm×33cm

∞ 清清白白的水中，
开着红红火火的花。

《小枝》33cm×33cm

∞ 万遍千遍，
小即是大。

《折痕》 *33cm×33cm*

∞ 多少人间动情处，
宛如角落里的遗珠。

《雪白》33cm×33cm

∞ 到山间雾色最浓处，
采回一丛雪白的花。

《欢喜》 33cm×33cm

∞ 时常花开，
时常欢喜。

《对等》33cm×33cm

∞ 琐事中的苦，
想起来是多么不易。

《望》 *33cm×33cm*

∞ 要到时间的对岸，一眼望去，
才恍然看见。

《平静》33cm×33cm

∞ 再归来时，
我需要认真看一看你。

《温润》*33cm×33cm*

∞ 要经过多少次打磨？
要经过多少次清醒？

《缤纷》33cm×33cm

∞ 多多少少，尘世在望。

《从容》 33cm×33cm

∞ 平静，诗意，善良，
对美丽的向往。

《繁荣》 *33cm×33cm*

∞ 欣欣向荣，暖暖向你。

《烂漫》33cm×33cm

∞年轻的你我，更深的往昔。

《小梅》33cm×33cm

∞ 万紫千红多么好，
却不如你相伴冬日。

《碗中》 *33cm×33cm*

∞ 青枝配剑山，
就算是饭碗也可以
用来插花。

《心意》 *33cm×33cm*

∞ 没人爱时专注自己，
有人爱时用力拥抱。

《聪秀》 *33cm×33cm*

∞ 如果世界真的将我遗忘。

《轻微》 *33cm×33cm*

∞ 小小瓶，碎碎花，
浅浅心。

《心花》33cm×33cm

∞ 把念想放进深心，
把故事托出胸臆。

《站立》33cm×33cm

∞ 我是在你不经意的时候，
恰巧看到了你。

十二月花谱——「二」

《秋嫦》局部

疏影横斜水清浅，暗香浮动月黄昏。

林逋《山园小梅》

提起梅花，北宋诗人林逋是一个无法绕开的话题。一句“疏影横斜水清浅，暗香浮动月黄昏”堪称千古咏梅绝唱。世间喜爱梅花之人，大概没有可以超越他的了。

个性孤高如林逋，就算放到今天来看也是很独特的。从小开启学霸模式，精通经史百家却不想入仕，对功名无所谓；大半生都过着贫穷的隐居生活，对物质无所谓；诗句随写随弃，不曾刻意留存，对后世留名这回事无所谓。

如此清高绝俗的他，终生没有婚娶，独自居住在孤山上，种起了喜爱的梅花，养起了白鹤，这样的情景，让人联想到世外仙人。直至后来以梅为妻，以鹤为子，“梅妻鹤子”也就成了他的代名词。清高的尽头，是一份宁负荣华不负心的淡然纯粹，这样至真至纯的人生境界，唯有膜拜。

对梅花的喜爱程度，历史上可以和林逋稍稍相比较一下的人不多，距他两百年后的王冕可以算一位，如果不曾有王冕笔下的墨梅，中国绘画史上就会缺失生趣盎然的一页。

到了现代，“红岩上红梅开，千里冰霜脚下踩，三九严寒何所惧，一片丹心向阳开”。一曲《红梅赞》，也令梅花在高洁、坚强、谦虚之外，多了一层爱国的含义。

先百花而开，独天下而春。文人墨客的吟诵，岁月的沉淀，成就了梅花至高的文化地位，它曾与牡丹一同被列为国花之选，一时不相上下。

杏　花

一陂春水绕花身，花影妖娆各占春。

王安石《北陂杏花》

自古十二月花神中，杏花被排在二月。而现实生活里，它其实开放得更晚一些，一直要到三四月，清明前后，我们才能想起杜牧笔下“牧童遥指”的那个杏花村。

经过一冬的岑寂，万物重现生机，最是惹人出门相聚玩耍，所谓“沾衣欲湿杏花雨，吹面不寒杨柳风”。

诗句中的“杏花村”，一说是在安徽贵池，一说是在山西汾阳，而其实如果想看杏花，不用特地跑去这两个地方看，它几乎遍布整个中亚和东亚，生存能力极强。单说国内，从长城内外的山岭杏花，到伊犁巩乃斯河北岸的杏花沟，再到江南的烟雨杏花，算得上风情万千。

杏花的花语，是羞涩、疑惑，少女的钦慕之情。这样想来，觉得倒也十分妥帖，开在初春，那份清爽又妖娆的气质，简直是花中萝莉。

桃　花

桃花坞里桃花庵，桃花庵下桃花仙。

唐寅《桃花庵歌》

桃花之美，入诗入画，不计其数，经过不断演变，逐渐成为天真烂漫、豁达可爱的人格象征。

“桃之夭夭，灼灼其华”是桃花最早在《诗经》中的亮相，那时西周人就已认定它是百花中的颜值巅峰。

魏晋时期，将桃花推上第一个文化高峰的是陶渊明。“忽逢桃花林，夹岸数百步，中无杂树，芳草鲜美，落英缤纷。”随手写的一个桃花源，撑起了此后中国文化中最纯净美好的一片理想净土，令人出神。

到了唐代，“人间四月芳菲尽，山寺桃花始盛开”。白居易的笔下，桃花除了姣好的外表之外，多了几分清吉可爱、皎然出尘的气质。

“去年今日此门中，人面桃花相映红。人面不知何处去，桃花依旧笑春风。”唐代还有崔护的这首诗，堪称转瞬之爱情的典范。

再有“桃花坞里桃花庵，桃花庵下桃花仙；桃花仙人种桃树，又摘桃花卖酒钱。酒醒只在花前坐，酒醉还来花下眠”。到了明朝，唐寅又把桃花送上了新的文化高峰。逍遥癫狂，香艳清澈，洒脱物外，世间再无第二。

也曾喝过桃花酒。

那年旅行经过宏村的时候，有许多小商贩在路边摆卖各种各样的小吃美食，其中一家在卖自酿的各种花酒，有玫瑰味的、桂花味的等等。我跟老板娘要了桃花味的，只见她娴熟地用竹酒提子舀出酒，装在专用的塑料瓶里递给我。拧开瓶盖，就能闻到淡淡的桃花香味，喝起来甜甜的，一口下去，熏人的桃花酒气瞬间就充满了鼻腔。大概酒量不太好，边逛边喝，一瓶饮尽已是黄昏，回到民宿的房间，倒下就踏实睡去了。

牡丹花

竞夸天下无双艳，独立人间第一香。

皮日休《牡丹》

来说说牡丹是如何一步一步成为百花之王的励志故事。

很多花卉在文学作品中的首秀，都是在《诗经》中，牡丹也不例外。在《国风·郑风·溱洧》中，一句“维士与女，伊其相谑，赠之以勺药”，描写的是男女结伴游玩，相互赠送牡丹花以求不相忘的场景。最初，牡丹尚且没有属于自己的名字，那时人们只知道芍药花，其中有一种被叫作木芍药，也就是后来的牡丹花。

约成书于秦汉时期的《神农本草经》将牡丹以药材之名记录了下来，表其有祛除淤血的作用。

也渐渐有许多人被牡丹的清丽雍容所打动，东晋顾恺之在《洛神赋图》中就已经开始描绘牡丹，自此，牡丹开始进入艺术创作的领域，后世描绘牡丹花的书画名家就越来越多了。

而牡丹真正开始被人工精心栽培是在南北朝，一直到了隋炀帝时期，被移入宫苑，成为皇家钟爱的景观花卉之一。

时光流转到了唐朝，就迎来了牡丹真正的鼎盛时期，刘禹锡的“唯有牡丹真国色，花开时节动京城”，李白的“云想衣裳花想容，春风拂槛露华浓”，句句赞向巅峰。不由分说，牡丹成了大唐盛世的标志之一，雍容华贵，一举夺魁。

这样的地位就一直延续了下来，宋人书画中咏牡丹、绘牡丹的作品不计其数，清代更是把牡丹定为国花，融入民族文化的至深之处。如今一提起牡丹花，中国人都能心领神会，不必赘述。

这就是地位。

谁家巧妇残针线，一撮生红熨不开。

王禹偁《咏石榴花》

从小就很喜欢吃石榴，觉得它样子也十分好看，用手剥开，里面满像是一颗颗宝石。只知食其果，未曾见其花。很久之后我才知道石榴花的模样，原来这样红艳热烈，带着天真的气息。

关于石榴花，有许多神话故事。

有一说，从女娲补天所遗留的红宝石说起。

一年，安石国的王子在打猎途中救起一只金翅鸟，鸟儿为了报答，不远万里从骊山脚下把红宝石衔来，落在宫殿的花园中，长出了石榴树。

张骞出使西域，来到了安石国，为正值大旱的安石国兴修水利，救活了庄稼。等到回国的时候，只要了一颗石榴种子作为纪念，自此把石榴引入了国内。

还有一说，是在北欧神话中。

代表着爱与美的女神芙蕾雅，也是大地的象征。她有着超凡美貌的同时也有着阳刚的个性，既可以浓妆艳抹女儿媚态，亦可以甲胄加身披挂上阵。她的丈夫是代表着夏日的奥都尔，他喜欢四处游历，经常不知所踪。

有一次奥都尔出门之后，好几年都没有回来，于是芙蕾雅就满世界去寻找，所到之处都有她的泪水化作的黄金。直到有一天，她终于在一棵阳光照耀的石榴树下，找到了自己的丈夫，高兴得就像新婚的新娘。

直至今日，北欧的习俗中，依然有新娘出嫁时头戴石榴花的习惯。

荷　花

翻空白鸟时时见，照水红蕖细细香。

苏轼《鹧鸪天·林断山明竹隐墙》

每年一到夏天，西湖的荷叶肆意生长开来，翠绿色延伸覆盖着大片的湖水，风吹来，荷叶懒洋洋地翻转，无数枝粉色的荷花在其中高高低低伸展着，引来大片游人驻足。

不止是常住居民，全国各地来玩耍的游客，夏天都会到“曲院风荷”转上一转，看看诗句“接天莲叶无穷碧，映日荷花别样红”的场景。有时还会有许多摄影“老法师”，选中花开得最旺的湖区路边，架起一排三脚架，加上旁观的游客，里三层外三层，想要好好看一看荷花，还要挤入人群。

所以除了路过时偶然的一瞥，我通常只有夜里才会特意去西湖边看看荷花，那时的湖边几乎无人。找一张湖边的公园椅坐下来，晚上的湖面渐渐清凉，路边灯光阑珊，隐隐照着荷花，荷叶的绿在夜色中泛着深蓝，花瓣透露出渐变的光影，粉色显得柔和而隐晦，这样的场景就像是一张层层分染的工笔画。周围各种虫鸣声声轻快，抬起头看，近处的柳枝随意摆荡，天上有一片星和弯弯月。

玉簪花

瑶池仙子宴流霞，醉里遗簪幻作花。

王安石《玉簪花》

关于玉簪花名字的由来，有一个民间传说。

王母娘娘有一位小女儿，生性活泼，喜爱无拘无束的自由生活，于是非常想到人间走一遭。然而，这样的心事早早就被王母看穿，使其受困，不得出门。

这时小女儿就把自己头上的白玉发簪抛向了人间，希望它代自己感受一回自由生活。一年过去了，玉簪落下的地方长出了一种清香淡雅的花，于是就以玉簪为名。

玉簪花的样子本身也与玉簪十分相似，在宽大翠绿的叶片中，一枝花杆笔直生出，在最顶端，开出纯净洁白的花朵，质与玉似。

另一位与玉簪花有关的女子，是武则天的高级秘书上官婉儿。据说上官婉儿读书时喜欢有玉簪花相伴，夏日的傍晚，幽香习习，很是解意。渐渐地，其诗作的气质也与玉簪花的气质十分相似，哀叹宫廷生活的循规蹈矩。

两个故事，看似没有特殊的联系，但玉簪花似乎都成为古代女子对自由向往的象征。

桂　花

人闲桂花落，夜静春山空。

王维《鸟鸣涧》

比起其他花朵的颜值，桂花并不怎么起眼，花朵只如米粒那么小，结团成簇，开在叶底。但桂花的花香之馥郁绵长，是其他花朵所没有办法比拟的。

桂花是杭州的市花。在我的印象中，每年一到秋天，几乎整座杭州城都会笼罩着一层淡淡的桂花香，香甜醉人，而这样的时光会持续好长一段时间，几乎占据了大半个秋天。

西湖十景中有满陇桂雨，最是秋来赏桂的好去处。桂树繁盛茂密处，一阵风吹来，花朵就会像雨一样落下来，渐渐把道路铺洒成金黄色，香味弥散，自成一派梦幻景象。

可见自然界的生灵，总有属于自己独特的生存之道。人其实也是一样的，并不用去盲目比较与跟风，发展自身的长处与天赋，顺应规律，总能成为最好的自己。

桂花除了好闻，也十分好吃。从小特别爱吃的美食中，绝对会有一碗桂花酒酿圆子羹。普普通通的酒酿圆子羹，最后撒上的那一小撮桂花干，简直是灵魂所在。舀上一勺入口，酒酿的香甜滋味，小圆子的糯糯口感，伴随着桂花一丝丝温润的香气，绝对令整碗羹的味道升华。

除此之外，用桂花做的美食也实在数不过来：桂花糖、桂花糕、桂花酥、桂花糯米藕、枸杞桂花茶、桂花奶豆腐……好吧，例子举不下去了，感觉好饿。

九月

菊　花

采菊东篱下，悠然见南山。

陶渊明《饮酒》（其五）

在古徽州的婺源，每逢深秋的早晨，漫山遍野的菊花开在白茫茫的晨雾中。各种颜色一丛丛紧密簇拥，站在山顶一眼望去，远处还有青蓝色的小山林，在日出的光辉中，让人感到开阔而梦幻。

在这里，被种植得最为普遍的有金丝皇菊，一到花季，整片花田漫是金色。开得旺盛时，农人把它们采摘回来，均匀地摊放在圆形竹筛子上，一遍遍晾晒至干，一同被晒的还有各种农产品，如辣椒、玉米、黄豆等，摊晒出来的时候，颜色饱满艳丽，于是这样的农忙时节被人们称为“晒秋”，并渐渐成为一道独特风景，以篁岭古村为最。

皇菊被晒干后，一朵就能泡成满满一杯菊花茶，在热气腾腾的开水中重新绽放起来的样子，雍容又灵动，比鲜花更有一番韵致，喝起来据说有去火和明目的作用。

不知东晋时有没有这样的皇菊花茶，如果有，想来陶渊明应该最是爱喝。

十月

芙蓉花

是叶葳蕤霜照夜，此花烂熳火烧秋。

刘兼《木芙蓉》

上高中的时候，学校东面的湖边草丛中种了许多棵芙蓉花，我看到一棵树上每一朵花的颜色都有一些不同。

说起芙蓉花的颜色，可以算得上十分神奇了。一天中的不同时间，或是花季的不同时段，每一朵花都会呈现出不同的颜色，比如早晨是白色或浅粉色的花瓣，到了午后就会变成大红色。

《长物志》中描写芙蓉："芙蓉宜植池岸，临水为佳；若他处植之，绝无丰致。"喜欢临水而生的特性，会让人将其与莲花联想到一起，于是它们的名字也产生了各种交集，芙蓉又叫木莲，莲花又叫水芙蓉，似是一种相互映照。

茶　花

叶厚有棱犀甲健，花深少态鹤头丹。

苏轼《和子由柳湖久涸，忽有水，开元寺山茶旧无花，今岁盛开二首》其二

以茶花的姿态，不必用十分精湛的插花技艺，只是随便放在一个花瓶中，就能显出独特的韵味。

如果是大大的一把，连着翠绿的叶子一起，萌生的是满目的热烈与恣意。如果只是一朵花，零星带几片叶子，竟又能生出可爱而禅寂的气质。

所以每到冬天，一定会采上一枝茶花回来，或是大红或是粉红的一朵，摆在画桌案头，可以供养很长一段时间。

还记得茶花是有白色的。少年时读小仲马写的《茶花女》，女主角玛格丽特凭着出众的姿色，从贫苦的乡下姑娘，成为巴黎最有名的交际花，虽然身处风尘，但不曾改变纯真明朗的本质，面对爱情义无反顾，甘愿牺牲。于是，心中也觉得，她随身装扮的白色茶花，应是真情无邪、高贵圣洁的象征。

据说茶花中最名贵的品种叫作“十八学士”，由人工精心培育而成。普通的茶花花瓣只开两轮到六轮，十八学士却可以开十八轮到二十轮，故名。经年制作茶花盆景和培育稀有品种，也是许多园艺行家的乐趣与追求所在。

水仙花

凡心洗尽留香影，娇小冰肌玉一梭。

王夫之《水仙》

很多人冬天都会在家里养一盆水仙花。岁寒时节，从花市把球茎买回来，稍微做一点切割处理，养在水中。整整一冬，看着它生根冒芽，然后叶片舒展开来变成翠绿色，接着更是如火如荼地疯长，直到叶片丛中伸出几枝六瓣水仙花，香味清洌甜美，过年的时候，格外增添了几分温馨与生机盎然的气息。

而水仙花一旦谢下去，速度也是极快的，厚厚的一丛叶子一齐枯败着倒下，泛出黄色褐色，远远看着，也倒有一种盛极而衰、转瞬即逝的凄美之感。

还见过另外一种水仙花。记得上大学那会儿，与一位路过杭州的朋友相约见面，彼时的场景和说过的话已经完全不记得了，还能记得的是，甫一见面他就递过来一盆花，是真的种在土里用花盆装着的那种，几根细长的叶子中，伸出一枝鲜黄色的花。问过才知道，原来也是水仙花，比养在水中的开得大朵许多，是之前从未见过的品种。

其实好重，天知道我是怎么把它搬回寝室的，而这盆花也就在寝室的窗台下放了大半个冬天。

《樱花》28cm×28cm

∞ 树上有一片薄薄的云，
飘过来，飘过去，
飘落含香的雨。

《樱花　之二》28cm×28cm

∞ 小女子的大爱情，
既娇柔，也壮烈。

《傍晚》28cm×28cm

∞ 有柔和的印着
晚霞的波光，
有懒散的吹着
晚风的树枝。

《盆景一角》28cm×28cm

∞ 我一直都在，
而你却不知。

《牡丹清供》28cm×28cm

∞ 生活的灵魂，
存在于对物品的仪式感中。

《月季》33cm×33cm

∞ 一季花开，时时感念。

《虞美人》33cm×33cm　　∞ 美人在骨，也在皮。

《荷花》33cm×33cm

∞ 浮生热烈，透露清静。

《牡丹》 33cm×33cm

∞ 在佳期如梦里，
想起盈盈的你。

《秋石》33cm×33cm

∞ 即是稳定的人生，
也会有不同色彩。

《不情之请》33cm×33cm

∞ 好多微不足道的场合，
我都想请你到来。

《木芙蓉》33cm×33cm

∞ 点头之交，永不忘怀。

《石榴枝头》*33cm×33cm*

∞ 我只会在
属于我的那一刻
准时到来。

《瘦》 33cm×33cm

∞ 回忆在时间中，日渐明朗，
露出最细瘦精粹的部分。

《夏有清荷》*33cm×33cm*

∞ 有时候，
愉悦的时刻就是
静默而无所表达。

《鹌鹑》33cm×33cm

∞ 而今秋风，
落在这草木旷野。

《竹雀》 *33cm×33cm*

∞ 轻鸣几声，
秋山空响。

《小鹅》33cm×33cm

∞ 田园小森林，
时光从前慢。

《秋枝》 *33cm×33cm*

∞ 身落片刻安静，
细望诸多世间。

《秋蟾》33cm×33cm

∞ 时常徘徊的想念，
不在市井在田间。

《秋实》 *35cm×35cm*

∞ 草木结起果实，
繁累的，零星的，
都是一种收获。

山水心间 ——————————「三」

人生中第一次真正意义的独自旅行，去的是徽州。如今再回想起来的时候，感到那时孑然一身独自出发的勇气，那种对未知充满热情、善意和欢喜的心情，其实就是一种鲜活与年轻。

如果少年无所畏惧，如果成年无所倦怠，这便是最好的状态。

《山水心间》局部

《青绿山水》*28cm×28cm*　　∞ 山间行走，水边休憩。

《小山水》*33cm×33cm*

∞ 每一棵树
都是天然的雕塑。

《小山水 之二》33cm×33cm

∞ 那些秋天的树，
肯定有微风在吹拂它们。

《小山水 之三》33cm×33cm

∞ 梦的更深处，
终为看林人。

《青枝》33cm×33cm

∞ 某些时候，
你能触及的，
只有自己。

《紫藤》33cm×33cm

∞ 我定时更新面容，
而你恒久冷静。

《红枫》 *33cm×33cm*

∞ 一棵红枫树，
许多深秋处。

《悠悠山水》33cm×33cm

∞ 阳光自山水之间投下，
我只愿静卧其中。

《银杏》33cm×33cm

∞ 杏叶飘落无声。
有时，懂了沉默比懂了话语
更加可贵。

《小憩》*33cm×33cm*

∞ 你和我并排站立，
听到来自天空的呼唤。

《山水心间》 33cm×33cm

∞ 山前有风，天边有云，
心上有你。

《万水千山》48cm×24cm

∞ 远远看万水千山，生长在四季轮回。

《远眺》 *34cm×11cm*

∞ 天高云淡，
飞鸟望断。

1 | 2

1《烟雨江南》*53cm×9.5cm*

∞ 江南的细雨里，
飘洒着无数想念。

2《云山》*53cm×9.5cm*

∞ 我把时间都偷偷藏在云里山间。

《微白》53cm×9.5cm

∞ 山雪细微，迟疑而落。

《归不归》*31cm×8cm*

∞ 故里的山与树，云与乌。

中国扇 ——「四」

“扇”其实是一样非常有东方气息的古老物件，日用、雅集、权势、演艺之处，都可以见到扇子的踪影。

《一枝粉红》局部

《一枝粉红》 *23cm×18.5cm*

∞ 纯真是一段时光里
所拥有过的全部。

《彼岸花》23cm×18.5cm

∞想问你敢不敢
投入我生命的颜色里。

《小瓶花》23cm×18.5cm　　∞想当然。

《小瓶花 之二》*23cm×18.5cm*　　∞ 问深心。

《小瓶花 之三》 23cm×18.5cm　　∞皆自知。

《小瓶花 之四》23cm×18.5cm　　∞已明辨。

《小瓶花 之五》23cm×18.5cm　　∞勿执着。

《小瓶花 之六》 23cm×18.5cm ∞ 宜舍弃。

《小瓶花 之七》23cm×18.5cm　　∞当自拙。

《小瓶花 之八》23cm×18.5cm　　∞尽足力。

《小瓶花 之九》23cm×18.5cm ∞适中庸。

《小瓶花 之十》23cm×18.5cm ∞ 不有悔。

《秋菊》 *23cm×18.5cm*

∞ 小时候很淡很淡的惆怅，
像菊花茶一样。

《琼花》 *23cm×18.5cm*

∞ 我愿意做你
生活的底色板。

《池中》37cm×24cm

∞ 我不知道你的快乐，
但很想知道。

《清野》37cm×24cm

∞ 在春天的旷野，
幻想自己成为一棵
静观山水的树。

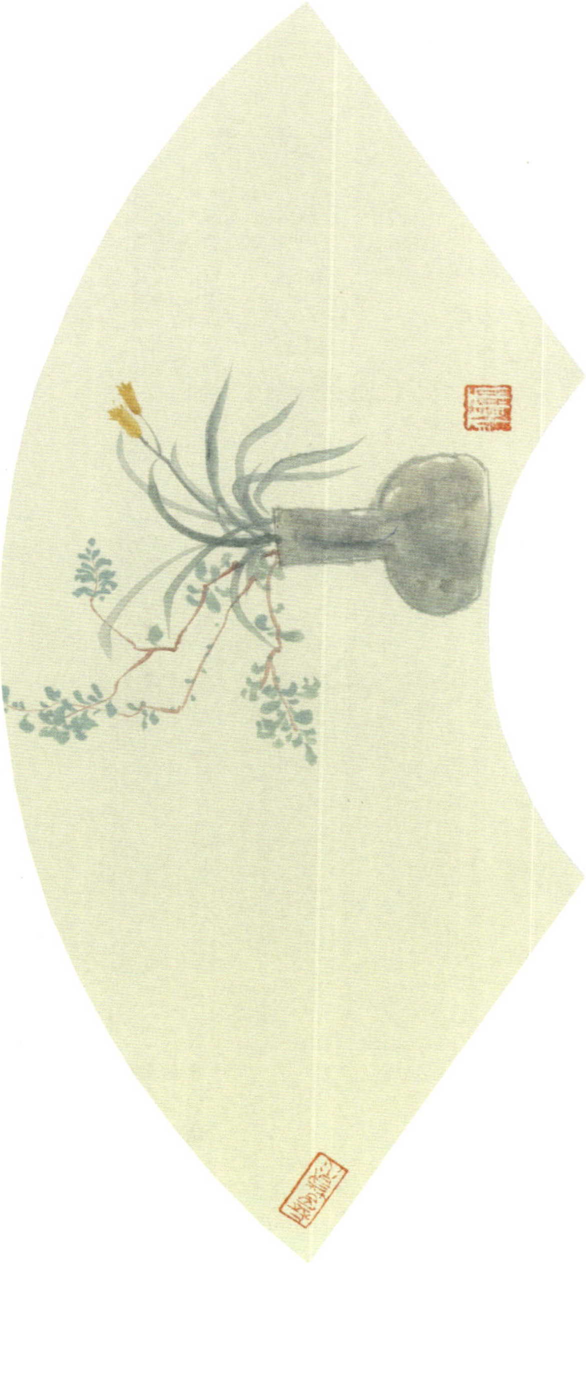

《瓶中花》 40cm×15cm

∞ 不物喜，不己悲。

《叶红如花》 *40cm×15cm*

∞ 且独行，且欢歌。

《荷花》40cm×15cm

∞ 一念间，一世界。

《荷塘》40cm×15cm

∞众多尘埃，众多孤独。

《胭脂竹色》*40cm×15cm*

∞女儿身，亦可称君子。

《菊石》 40cm×15cm

∞温柔如此，坚硬如此。

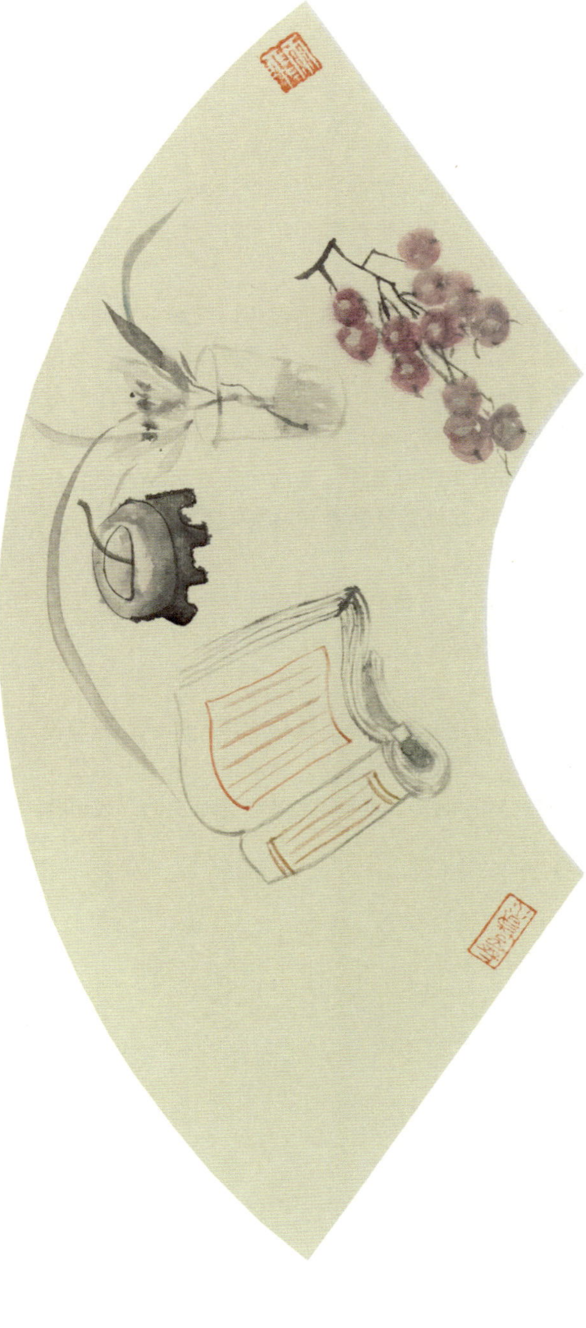

《闲读》 40cm×15cm ∞难得欢喜闲散心。

后记

纸笔相触时带来更多的是治愈感，会把白天处理各种琐碎而外放的能量重新向内收回来，安抚内心与情绪，气息也逐渐平稳。这样的时刻，再来点音乐，简直可以自成世界了。

当然，说画画不苦也是假的，大量反复的练习和那些避不开的弯路，所谓废纸三千犹恨少。真正坐下来，就需要非常投入和专注，这或许也会减少对苦的感受吧。一笔下去，心情只关注这刹那产生的效果，水啊，颜色啊，墨啊，纸啊，眼里只有这些东西了。抽象思维开始活跃起来，一时间不需要任何话语，画画完全是另一种语言体系，时间过去得特别快，所以经常是默默又愉快地度过了一天。

小画里的局部，比如一朵花，一座山，一只猫儿，一件器……于我而言，就像是与日常生活的对话。

其实吧，画画这件事情，像舞蹈，像歌唱，像烧一道中国菜。盐适量，糖少许，到底是多少？掌勺的人下手有数，却说不上来。于是想和大家分享些一路走来的心得体会，对画画感兴趣的朋友们，或可作为入门了解。

1

我们为什么画画？要画到什么程度？

一个人喜欢上画画，并不是因为后来能读懂多少高深的艺术作品，那个直觉和冲动其实很直接。你看到一片云，觉得它像一只小绵羊，于是想把它画下来；你昨晚做了一个梦，梦见火车穿越不同颜色的树林，于是想把它画下来；或者上课开小差，在课本上随意涂鸦。

从这个点出发，不管走出多远，记得最初喜欢上画画的那个感觉，这是这件事最美好的出发点。好多事，“目的”更多是以一种激励的形式出现，真正率先实在拥有的，是分分秒秒中的过程。

到底是推动人们对美的感受与热爱，令之融入生活，成为群体的修养与快乐更重要？还是个体孤独地创造着极致的美，达到艺术的巅峰更重要？这是一个哲学问题，并不觉得对立，而是相互渗透。

不是每一个人的绘画水平都能达到艺术家的程度，但有一部分喜欢画画的人存在，本身就是一件很美好的事。而真正的艺术巅峰，也不是靠功利就能达到的，自然生长就是最好的状态。

2

零基础如何开始画画？

很多朋友都问过我，如果想开始学习画画，该怎样开始？

这个问题的答案其实有很多种，大多数兴趣班的老师都是从最单调乏味的基础教起，这很容易抹杀一个人对绘画的天然喜爱和感性直觉，一旦感到进展艰难，就很容易放弃了。

而其实，起先只要拿起笔，画画很简单。

如果不是为了应试，我的建议是：就从你最想画的东西入手。在这个过程中，遇到问题就现学，一个题材一个题材地去解锁，内心会很有成就感。当然，这样做势必会走一些弯路，但好处也恰在于此，越少受限于前人的思路与经验，越有利于形成属于自己的独到画法。

最开始的绘画，不必执着于画得像与不像，在这个阶段里，最重要的是能感受到纸笔和颜料的质感，心和手都熟悉适应这些材料后，才会有进一步的追求。这个过程的快慢，完全取决于用心的程度。也有很多人最初毫无思路，还是会一问到底：有没有什么推荐的教材，以便有法可依呢？

单从国画来说，传统的练习方法，我往往推荐《芥子园画传》。

就从最简单的梅兰竹菊开始，一笔一笔，不仅是临摹，边上的文字注解也十分重要，会帮助理解绘画原理和记忆归类。慢慢就不难发现：画一束三片叶子的兰花和画一丛三十片叶子的兰花，其实是一样的；画一枝五瓣梅花和画一枝重瓣桃花，其实也是一样的。

3

如何选择画画的工具和材料？

纸笔和一切材料，没有贵和便宜的区别，只有不同效果的区别。好的材料，不是价格好，而是被用得好。合适就是用得好。比如用纸方面，工笔宜熟宣，写意宜生宣；用笔方面，山石宜硬毫，动物宜软毫。笔墨纸砚，诸如此类，这些常规的规矩我们都可以很容易了解到。

当然，也不必固守传统，还可以多些不同的尝试。分享一些平时从个人经验中得出的例子。比如国画颜料的覆盖力弱，一旦遇到要勾勒白色的花茎或者点蕊，钛白色就不够给力了，白色的丙烯颜料就派上了用场。比如画大块背景色，毛笔哪怕再大，所涂面积也有限，就会用到原本只在油画中才会出现的排刷了。比如毛笔久用，笔尖磨平将要废弃时，特别适合用来画鸟兽的丝毛，也适合画山石的皴擦。比如只要几块钱一刀，吸水性慢半拍的毛边纸，会把积墨慢慢洇出一种独特的美感。比如拿掉画毡，直接把宣纸铺在不会吸水的桌面上，能出现不一样的晕染效果。

当然，还有许多更加意想不到的办法，撒盐、水冲、加矾等，都可以尝试一二，会有许多趣味。希望我们都能够通过合适的材料与工具，找到自己最得心应手的画法，画出真正想要表达的那张画。

4

艺术家与工匠

徒手把一条线画得很直，其实没有什么稀奇的，几乎所有人通过训练都能够做到。同理，一些纯粹高超的绘画技法，其实也并没有什么可稀奇的。而我们对一个事物的解读和看法、感受和领悟，是没有办法复制的，是属于个人的宝贵的东西。

因此，对事物的知觉与感受比技巧重要。同样的二十四色，有人能组合出温暖的气氛，也有人能组合出孤冷的气氛。

所谓艺术家，就是拥有超乎常人的丰富感受力，并能够通过所受的技法训练表达出来。柔术表演可以展示人类身体所能达到的极限，但跟真正的舞蹈艺术中通过肢体表现出来的精神、情感和内容，是永远没有办法相比较的。

好的艺术家首先是好的工匠，然而不是每一位好工匠都能成为艺术家。

5

画画不是为了一张画，画画是一件事。

临摹，是最简单的单项训练，熟练之后的举一反三其实不难。

再深入一步就该想，怎样的画面才算完整，而不是一个孤单的图案。于是对于题材与构图的选择和思考就开始变得重要。

而此后，就算有了属于自己的、单张的完整画面，也并不能充分说明自己观察事物的方法和态度，于是就需要开始考虑绘画的系列与组合，考虑这张画与下一张画之间的关系，到了这一步，就进入了个人绘画语言形成的过程。

再深入，就会把一组画的题材内容、体量与呈现形式放在一起思考，慢慢地，画画不再只是一张画，画画是一件事，这件事中的任何一个环节都相互联系，丰富而有趣。

因此通过不懈的努力之后，画画最终不是为了呈现画面本身，而是为了呈现以画面为媒介的，属于我们的情感与思想。

6

怎样的画才算一张好画？如何欣赏一张画？

有人问我："那些抽象画哪里好看？我实在看不懂。"

答案往往是反问：为什么红色示人以温暖热烈？蓝色示人以舒缓宁静？紫色示人以神秘高贵？我不知道，就像不知道为什么看绿叶丛中开出一朵栀子花会感到欢欣，不知道为什么看细雨天里梧桐叶落屋檐会感到忧伤。

这些直觉，藏在我们所处的文化基因里，藏在我们个人的阅历中，藏在我们所受的训练和教育下。

人们对于美的感受也就是这样一种直觉。画画的时间长了，就会发现，对于一个画面来说，题材不重要，语言才重要，气质才重要。这是影响观者直觉的直接原因。

“语言”无法凭空而来，需要建立在知识和训练的积累之上，它包括艺术家对美术史的解读，对绘画方法的探寻。“气质”无法刻意为之，需要形成于人生的领悟与修炼之中，它包括一个人的修养、品德、性格。

同样的一朵花，每个人都能画出不同的样子来，气质也会千差万别，所以这一朵花的样子就是此刻你内心的样子。而如果能够准确传达内在心意，那么画什么其实也就无所谓了。

到了最终，也就不必执着于去表现具象的东西，因为把一种感觉和思想画出来，比把一件东西的外形画出来，要难得多。

所画之画，终不在物，在于其气。所画之人，终不在技，在于其心。所以欣赏画作的方法，没有定论，每个人都可以练就属于自己的眼光。这种眼光，可以通过大量的阅读获得。

具体来说，你觉得一张画好看，就存下来。下次再觉得一张画更好看，再存下来。这样存下的画作会越来越多，反复对比，总会有更加偏爱的那一张，于是问问自己为什么更喜欢这一张，总能得到一些答案。再过一段时间，你又会遇到更好的，或者回过头，以前觉得很普通的一张画，现在看来也挺耐人寻味的。在这个过程中，就能建立起一套属于自己的评判体系，也就是人们常说的“审美”。

毕竟，面对一件艺术品，不必跟风，也不必管别人怎么评说，自己发自内心的喜爱最重要。

当然，如果能够穿插一点美术史的阅读，会对审美的养成有所助益。美术史不必一口气通读，那样其实挺乏味的。就从自己最喜爱的那张画开始，带着兴趣，会由“点”牵出一整个“面”，打开新世界的大门。

图书在版编目（CIP）数据

当我画下一朵花 / 樊雨飞绘著 . -- 北京 : 新世界出版社 , 2019.2

ISBN 978-7-5104-6724-0

Ⅰ . ①当… Ⅱ . ①樊… Ⅲ . ①散文集－中国－当代 Ⅳ . ① I267

中国版本图书馆 CIP 数据核字 (2018) 第 298110 号

当我画下一朵花

作　　者：樊雨飞
责任编辑：丁 鼎 李梦娟
责任校对：宣 慧
责任印制：王宝根 苏爱玲
出版发行：新世界出版社
社　　址：北京西城区百万庄大街 24 号 (100037)
发 行 部：(010)6899 5968　(010)6899 8705（传真）
总 编 室：(010)6899 5424　(010)6832 6679（传真）
http://www.nwp.cn
http://www.nwp.com.cn
版 权 部：+8610 6899 6306
版权部电子信箱：nwpcd@sina.com
印　　刷：小森印刷（北京）有限公司
经　　销：新华书店
开　　本：710mm×1000mm　1/16
字　　数：100 千字　　印　　张：10
版　　次：2019 年 2 月第 1 版　2019 年 2 月第 1 次印刷
书　　号：ISBN 978-7-5104-6724-0
定　　价：68.00 元

版权所有，侵权必究
凡购本社图书，如有缺页、倒页、脱页等印装错误，可随时退换。
客服电话：(010) 6899 8638